AF267854

L'AIGLE FRANÇAIS,

ODE

DÉDIÉE AUX ARMÉES TRIOMPHANTES.

Par L. P. D. T.

Prix 12 sols.

A PARIS,

Chez l'Auteur, Cloître S.-Germain-l'Auxerrois,
N°. 41.

De l'Imprimerie de CHARLES, rue de Seine, n°. 16.
1806.

L'AIGLE FRANÇAIS,

ODE

DÉDIÉE AUX ARMÉES TRIOMPHANTES.

———————————————

D'UN sublime rocher des anciens monts de Thère, (1)
Le porteur orgueilleux du carquois du tonnerre,
    Promenait ses regards sur la voûte des eaux :
Il s'indigne de voir dans les bornes d'une île,
Emprisonner l'élan de son vol indocile,
    Et le vaste Océan franchi par des vaisseaux.

———————————————

(1) Ancien nom de l'île de Corse.

Il part : et les leviers de ses ailes altières
Du liquide désert surmontant les barrières ,
  Du riant Lacydon vont gagner le bassin : (1)
Il s'anime à l'aspect de sa neuve patrie ;
Et bravant dans son vol les pics de Ligurie ,
  Il s'abat triomphant sur le mont de Jupin. (2)

Bientôt le tourbillon des enfans de la gloire ,
A signalé l'oiseau courrier de la victoire :
  Sous les cris de Mont-Joy les nourrissons de Mars , (3)
Du pied du Mont-Tonnerre aux bords de la Garonne ,
Et du cours de l'Escaut jusqu'aux Bouches du Rhône ,
  Accourent se ranger sous ses fiers étendards.

---

(1) Nom primitif du port de Marseille.

(2) Mont-Joux-Mons-Jovis. Partie du Mont-Jura dont la chaîne passe du Rhin au Rhône. C'était le rendez-vous des Gaulois lorsqu'ils allaient en guerre.

(3) Le cri de *Mont-Joie* vient de Montjoux. Les Gaulois , convertis au christianisme , ont ajouté *Saint-Denis.*

Suivi de sa phalange il fournit sa carrière :
Franchissant la Bönaise, (1) il plante sa bannière
Sur le front sourcilleux de ce mont fécondant,
Dont le pic dominant sur la quadruple plage,
Des enfans de Japhet (2) arrose l'héritage,
Des portes de l'aurore aux bornes du Ponent.

Il s'élance soudain : du sommet de l'Adule , (3)
Planant sur le berceau de Virgile et Catulle , (4)
Et les bords de ce fleuve où périt Phaëton , (5)
Il parcourt l'Apennin jusqu'aux sources du Tibre ;
Le Garillan surpris roule une onde plus libre ,
Voyant briser les fers de l'esclave Acheron. (6)

---

(1) Pointe des Alpes près du Mont-Cénis , remplie de glaces et de neiges.

(2) Le mont Saint-Gothard est un des plus hauts des Alpes , d'où sortent les sources du Rhin , de l'Aar , du Russ , du Rhône et du Tesin.

(3) Ancien nom du mont Saint-Gothard.

(4) Les Français ont célébré la fête de Virgile à Mantoue.

(5) Phaëton périt à l'embouchure du Pô.

(6) Le Garillan est une rivière de Naples. L'Acheron , rivière de la Calabre , qui se jette dans le golfe Adriatique près d'Ambracie

Pour subjuguer un jour du monde les deux pôles ,
Il surprend dans son vol l'oiseau des Capitoles ,
  Aux foudres de Vulcain mêlant ses traits altiers ;
Et double conquérant de la terre fleurie (1)
Du pays des lauriers , dans sa grande patrie ,
  Il revient triomphant couronné d'oliviers. (2)

Plus fier de son succès , plus ardent de sa gloire ,
Il prépare aux enfans de l'auguste victoire ,
  Un plus sublime essor : au cri de ses aiglons
Du chef impétueux les élans intrépides
Vont braver l'Océan du sol des Hespérides : (3)
  Les zéphirs étonnés font place à ses sillons.

---

(1) Sous le rapport politique et religieux.

(2) Par les différens traités de paix conclus avec tous les souverains d'Italie.

(3) La Méditerranée. — Passage des Français en Egypte.— Les Hespérides étaient les filles d'Atlas qui régnait en Afrique.

Il apperçoit le roc du boulevard antique ,
Où flottait l'étendard de l'altier Catholique ,
   Dans le bras martial des croisés d'Occident : (1)
Sur sa cime arrêtant sa royale esplanade ,
Du joug des Dieux marins il délivre la rade ; (2)
   Neptune à son aspect fit baisser son trident.

   Poursuivant triomphant sa carrière rapide ,
Il porte son essor vers l'antique Atlantide , (3)
   Sur l'aride côteau du sol des éléphans :
Ses drapeaux dominans des rives de Péluse , (4)
Et des murs du Soleil (5) aux bords de l'Acheruse , (6)
   Du conquérant Prophète ont soumis les enfans.

---

(1) Malte fut donnée par Charles-Quint., en 1525, aux Chevaliers de Saint-Jean de Jérusalem ou Frères hospitaliers.

(2) Prise de Malte par les Français allant en Egypte.

(3) L'Afrique se nommait la terre Atlantique ou Atlantide , du nom d'Atlas, fils de Jupiter et de Clymene , le plus ancien de ses rois.

(4) Damiette, la clef de l'Egypte du côté de la Judée.

(5) Héliopolis , ville d'Egypte, (l'ancienne Thèbes) célèbre par la bataille que les Français y gagnèrent.

(6) Lac d'Egypte près de Memphis , où les Egyptiens déposaient leurs morts pour être jugés dignes ou indignes de la sépulture.

Les Cophtes, les Emirs, les Gaons, les Eraskites, (1)
Les serviteurs d'Apis , les Gaures, les Melchites , (2)
    Ont reconnu la loi de ses leviers vainqueurs :
Et des boucauts du Nil aux sources du Phiale , (3)
Les peuples admirant sa course triomphale ,
    Du merveilleux Phœnix lui rendent les honneurs. (4)

Du conquérant ailé les flèches souveraines ,
De Tyr et de Sidon vont foudroyer les plaines , (5)
    Fixant son vol hardi sur les monts du Liban : (6)
Et la Sainte-Cité (7) voit flotter la bannière
De l'astre du couchant reportant la lumière
    Aux gardiens surpris des portes du Levant.

---

(1) Les Cophtes sont les Chrétiens d'Egypte qui n'admettent qu'une nature en J.-C. — Les Emirs sont les parens ou descendans de Mahomet. — Les Gaons sont une secte de savans Juifs. — Eraskites , philosophes mahométans , Platoniciens.

(2) Apis est le Dieu Bœuf dans lequel l'ame d'Osiris s'etait refugiée. — Les Gaures sont les adorateurs du feu , sectateurs de Zoroastre. — Melchites , royalistes en Syriac — Egyptiens, Cophtes, antipapistes.

(3) Nom de la source du Nil et de celle du Jourdain.

(4) Oiseau merveilleux qui ne paraît que tous les 500 ou 600 ans, auquel les Egyptiens rendent les honneurs divins. *Mythol. égypt.*

(5) Tyr et Sidon étaient situées sur la mer non loin de Saint-Jean d'Acre.

(6) Les plus hautes Montagnes de la Syrie. (7) Jérusalem,

Dédaignant les remparts des altiers Séleucides, (1)
En triomphe il revient au doux sol des Lagides , (2)
Franchissant les déserts des enfans d'Israël :
Le crédule habitant du fleuve Sabbatique, (3)
Rappelant les débris de son histoire antique ,
A cru voir sur ses pas retourner le soleil.

Mésurant l'horizon du haut des pyramides ,
Sur les trois continens ses regards intrépides ,
Ont fixé les destins de ses grands étendards :
Et bravant le courroux des enfans de Neptune ,
Il franchit l'Océan de l'atlantique dune ,
D'un levier triomphant jusqu'au port des Césars. (4)

(1) Saint-Jean d'Acre ou Ptolemaïde en Syrie, où régnaient les Seleucides où successeurs de Seleucus après la mort d'Alexandre.

(2) Les Lagides ou successeurs de Lagus s'élevère it en même-temps en Egypte.

(3) Le fleuve Sabbatique en Palestine coule toute la semaine et se repose le septième jour suivant la tradition des Juifs.

(4) Fréjus anciennement Forum Julii : port des Romains ou César équipait ses flottes, maintenant éloignée à une demie-lieue de la mer.

Déjà du haut Pennin les cimes blanchissantes , (1)
Ont baissé sous l'essor des phalanges volantes :
Déjà les cris vainqueurs de ces aiglons soldats ,
Elançant leurs essaims dans les plaines fécondes ,
De l'Eridan surpris ont délivré les ondes , (2)
Et dompté les torrens du tortueux Mélas. (3)

Du Geryon du Nord ménaçant l'Heptarchie , (4)
Ses drapeaux conquérans , du fond de l'Hespérie
Vont flotter sur les bords du fier Ménapien : (5)
Et les foudres grondans de son triple tonnerre ,
Ont des tyrans des mers épouvanté la terre ,
Des rives du Shennon jusqu'au val d'Adrien. (6)

---

(1) Passage du mont Saint-Bernard , autrefois le haut Pennin ; *summus Penninus.*

(2) Eridan est le nom ancien du Pô.

(3) Le Mélas est une rivière du Brescian , qui tombe dans l'Oglio ; Mélas signifie rivière Noire.—Bataille de Marengo.

(4) L'Heptarchie anglaise ou Gouvernement de sept royaumes.

(5) La Hollande. — La Ménapie , comprenait autrefois les peuples entre la Meuse et l'Escaut , y compris la Zélande.

(6) Le Shennon est une grande rivière d'Irlande.—Le val d'Adrien sépare l'Ecosse de l'Angleterre par un mur bâti par les Romains , d'une mer à l'autre , contre l'invasion des Pictes

Les aigles du Levant dans leur jaloux délire , (1)
Ont envié l'éclat de son puissant empire ,
Et bandé les ressorts de leurs bruyans leviers :
S'indignant à l'aspect de leurs vastes menaces ,
Le vainqueur du Ponent revolant sur ses traces ,
Va fronder le courroux de leurs torrens guerriers. (2)

Bientôt de ses élans la fougue irrésistible ,
Franchissant l'horizon de l'ancien Mont-Terrible, (3)
A dépassé le Pont merveilleux de Trajan ; (4)
Au jardin des Gythons arborant sa bannière : (5)
Le Boien admirant son auguste carrière , (6)
Voit son sol délivré du joug du Marcoman. (7)

---

(1) L'Autriche et la Russie.

(2) Marche rapide des armées françaises des bords de la Manche vers le Danube.

(3) Le Mont-Terrible qui domine au loin la Suisse servait autrefois de camp à César.

(4) Le fameux pont de Trajan sur le Danube , avait 20 piles de 150 pieds de hauteur , sur 60 de largeur , et 170 d'intervalle.

(5) Le pays d'Anspach et de Bareuth, nommé par les Saxons le jardin des Prussiens, autrefois les Gythons.

(6) Les Bavarois , Boiens d'origine.

(7) Les Russes et les Autrichiens descendus des anciens Marcomans.

Du vol impétueux de son aile étonnante,
Rien n'arrête le cours : là Guerre et l'Epouvante
   Vont fixer ses guidons sur les monts des Géans : (1)
Là le maître des Dieux renouvellant sa foudre,
Anime le vainqueur qui doit réduire en poudre
   Les enfans révoltés des farouches Titans. (2)

Des aigles conjurés la fougue téméraire,
Succombe sous les coups doublés de son tonnerre,
   Aux pieds ensanglantés du foudroyant Santon : (3)
Du Schyte consterné la phalange orgueilleuse
Va porter la terreur de sa défaite honteuse,
   Des bords du Boristhène aux glaces du Lapon. (4)

---

(1) Sur la frontière de la Moravie.
(2) Bataille d'Austerlitz.
(3) Le *Santon* était une batterie de 18 pièces de canon qui a beaucoup contribué à décider le succès de cette journée.
(4) Le Gouvernement russe n'a pas pu rassurer les esprits malgré tous les palliatifs qu'il a employé pour cacher sa défaite.

~~~~~~~~

Le choc des élémens , les volcans , les tempêtes, (1)
Les vents miraculeux, les astres, les comètes , (2)
   Signalant par leur voix l'aigle triomphateur ,
Ont annoncé du ciel les décrets authentiques :
Et le globe ébranlé dans ses gonds politiques ,
   Reconnut en tremblant son régénérateur.

~~~~~~~~

   Déjà la sainte voix de la Sibylle antique ,
Prononçant sous son dais l'oracle fatidique ,
   Proclame les décrets des tout-puissans destins :
Les enfans de Janus et les Prêtres saliques (3)
Sous le faste divin des pompes liturgiques
   Lui présentent l'encens des Dieux capitolins.

---

(1) Le dérangement des saisons depuis 15 ans ; les élémens en convulsion ; les éruptions du Vésuve et de l'Etna ; les ouragans sur terre et sur mer ; les tempêtes qui firent périr tant de vaisseaux sur les côtes d'Espagne, dans la Manche, la Baltique et jusqu'aux Indes , suivant le rapport des journaux.

(2) Le vent du 18 brumaire an 9, qui renversa tant de tours et arracha tant d'arbres sans feuilles, de 8 à 10 pieds de circonférence sur une étendue de plus de 100 lieues, surtout dans la Belgique et la Hollande. L'apparition des comètes dans le Nord et dans le Midi. — L'aspect plus brillant de Vénus à différentes époques mémorables, etc.

(3) Allusion à la cérémonie du Couronnement.

Déjà le successeur au trône du roi Mage , (1)
De l'astre d'Occident vient adorer l'image ;
Déjà les descendans des braves Hermions (2)
Ont du grand Labarum reconnu l'héritage , (3)
Dont les aigles vainqueurs ont fixé l'apanage
Du sol du Sabbataire au cap des Lestrigons. (4)

Déjà du Pospolite arborant la bannière , (5)
Un Piaste nouveau sur sa noble frontière , (6)
Se réveille à la voix de son libérateur :
L'esclave européen est délivré du Maure , (7)
Le soc du Mont-Pilate , et le val d'Epidaure , (8)
Ont embrassé la loi du Pacificateur.

---

(1) La dernière ambassade turque dont le discours est imprimé.

(2) Nom des anciens Germains.

(3) L'enseigne des Empereurs romains.

(4) On nomme Sabbataires les Juifs et les Protestans qui font leur sabbat, la Hollande en est très-peuplée. Les Lestrigons sont les habitans de la Campanie ; les Napolitains.

(5) Ordre en Pologne à tous les nobles et roturiers en état de porter les armes , de servir la République pendant six semaines à leurs frais.

(6) Le Piaste est un candidat pour le trône de Pologne.

(7) Délivrance des captifs en Afrique par l'escadre française.

(8) Le mont Pilate est au centre de la Suisse. Le val d'Epidaure est aux Bouches du Cattaro , où était autrefois l'ancienne ville d'Epidaure, dont les habitans ont fondé Raguse.

Bientôt du Padischach la troupe Argyraspide , (1)
Délivrant des Calmoucs l'antique Propontide , (2)
   Du Levant étonné va traverser les champs :
De l'aigle triomphant le drapeau tricolore ,
Relevant les débris du trône de Mysore , (3)
   Va fixer l'équilibre ancien des continens.

Le feu dévastateur de l'aveugle Bellone ,
Va respecter les droits des peuples et du trône :
   L'égide de la paix planant sur l'univers ,
Ramène les beaux jours de Saturne et de Rhée :
Neptune aux nations dans sa conque azurée ,
   Proclame en souriant la liberté des mers.

---

(1) Padischach signifie *Empereur* ou *Grand Roi :* titre que la cour Ottomane donne exclusivement aux souverains de France. Les Argyraspides étaient l'élite de l'armée d'Alexandre et portaient un bouclier d'argent.

(2) Golfe entre l'Hellespont et le Pont-Euxin.

(3) Le trône de Tippoosaib , détruit par les Anglais.

Arma deus Cœsar dites meditaris ad indos,
   Et freta pacifici findere classe maris :
Magna tibi merces ; parat ultima terra triumphos
   Tammarus et Ganges sub tua jura fluent.

Poursuis, vainqueur ailé, ta course triomphante ;
Et foudroyant les murs de l'altier Trinobante, (1)
    Arrache le trident à la main des tyrans :
Vas franchir dans ton vol l'Océan Hespérique,
Et porte les brasiers du Volcan politique,
    Du pied du Pausilippe au pavé des Géans, (2)

Alors le ciel des arts, le sol de l'industrie,
Délivrés du tribut de la Thalassarchie, (3)
    Sur le globe étonné reprendront leur splendeur :
Alors les nations reconnaissant un père,
Dans les bras bienfaisans d'un vainqueur Eleuthère, (4)
    Du monde béniront le grand restaurateur.

---

(1) Nom ancien du peuple de Londres.

    Jamque triumphatis capitolia ad ardua rostris,
      Victor ages currum cœso Trinobante decorus.

(2) Le Pausilippe est au pays de Naples : mont célèbre par le tombeau de Virgile et par la fameuse grotte de Naples à Pouzzolles.— Le pavé des Géans en Irlande est un amas singulier de pierres noires en forme de colonnes qui se perd en pente douce dans la mer.

(3) Monarchie universelle sur les mers, usurpée par les Anglais.

(4) Eleuthère signifie sauveur ou libérateur.

Alors du bord du Gange au cœur de l'Atlantide, (1)
Les peuples bâtiront l'auguste Epipyrgide, (2)
Qui va charger l'airain de noms plus immortels :
Et sur son ancien soc le temple de Forvière, (3)
Sortant de son tombeau sous l'illustre bannière,
D'un front plus orgueilleux relev'ra ses autels.

Alors le Dieu du Pinde et son ami Mercure,
Ramenant les mortels au siècle d'Epicure,
Dans les bras de la Paix, du Commerce et des Arts,
De l'Hercule gaulois entonnant le cantique,
Chanteront le Pœan de la gent héroïque, (4)
Qui ravit aux anciens les deux palmes de Mars. (5)

(1) Par la nouvelle Atlantide on désigne l'Amérique.

(2) Colonne de 100 mètres d'hauteur surmontée de la statue de l'Empereur, qu'on veut élever sur le Pont-Neuf à Paris, en pierre de taille, dans la même proportion que celle du temple de Minerve à Athènes. Ce monument s'élève par souscription, et doit coûter trois millions.

(3) Lyon est bâti sur le mont de Forvière (forum veneris) célèbre par le fameux temple d'Auguste que 60 nations des Gaules lui bâtirent. Chaque nation y avait un autel.

(4) Le Pœan est une hymne à l'honneur des Dieux ou des Héros.

(5) Surpassant les anciens par terre et par mer.